L.O.L. SURPRISE!™

Novélisation : Catherine Kalengula.
Conception graphique et mise en pages : Claire Kocik.

Hachette Livre, 58, rue Jean-Bleuzen, 92178 Vanves Cedex.

L.O.L. SURPRISE!™

Nouvelle année, nouvelles B.B. !

hachette
JEUNESSE

L.O.L. SURPRISE!™

Bienvenue dans le monde des L.O.L. SURPRISE !, un monde où le jeu et les B.B. ont la priorité ! Es-tu prête à découvrir ta nouvelle bande d'amies ?

HELLO GOODBYE

Glamour Queen

Club Glitterati

Pour Glamour Queen, rien n'est plus important que les paillettes. Il faut que ça brille !

Shimone Queen

Club Glitterati

Derrière ses lunettes noires, Shimone Queen est une vraie pop star. Mais attention à son caractère bien trempé !

Splash Queen

Club Glitterati

Splash Queen est la reine des vagues ! Elle étincelle sur la plage dans sa robe de sirène.

Kitty Queen

Club Glitterati

Avec ses oreilles de chat, Kitty Queen retombe toujours sur ses pattes. Miaou !

Splatters

Club Art

Très créative, cette B.B. colorée a dû se retrouver sous une pluie de pots de peinture, un jour…

Sk8er Grrrl

Club Athlétique

Sk8er Grrrl ne se sépare jamais de sa casquette ni de son skate. Une vraie championne !

Oops Baby

Club Pop

Oops Baby ne peut pas s'empêcher de faire des gaffes. Elle n'a qu'un mot à la bouche : « Oups ! »

Daring Diva

Club Pop

Daring Diva n'a jamais froid aux yeux, même en hiver. Elle ose toutes les folies !

Snow Bunny

Club Chill Out

Cette adorable B.B. adore l'hiver… pour pouvoir rester bien au chaud chez elle à ne rien faire. Le rêve !

Her Majesty

Club Glam

Her Majesty est vraiment la reine des B.B. ! Sous sa couronne, elle aime tout décider et tout organiser.

On n'a plus besoin de présenter les filles du club Glitterati. Lorsqu'elles se promènent en ville, tout le monde admire leur style… pailleté ! Vite, à vos lunettes de soleil, ça va briller !

En parlant de lunettes… Shimone Queen est une experte. Avec ses cheveux noirs coupés court, elle a un style un peu pop-rock. Shimone Queen aime être différente. C'est pour ça qu'elle ne porte qu'un seul gant blanc. Ça dérange quelqu'un, peut-être ? Sûrement pas Splash Queen, en tout cas ! Dans son costume de sirène, elle est vraiment adorable ! Quand on pense adorable, on pense aussi à Glamour Queen, toujours chic dans sa robe rose. Et qui est cette fille avec un serre-tête en forme d'oreilles de chat ? Kitty Queen, évidemment ! Autrement dit : la reine chaton.

Miaou !

En ce samedi après-midi, Her Majesty, du club Glam, les a toutes invitées pour une sortie dans le centre-ville. Her Majesty est facile à reconnaître, elle est la seule à porter une véritable robe de princesse et à se comporter comme une souveraine.

La jeune fille attend ses amies devant leur endroit favori : le salon de thé *Coffee Queen*. Elle leur a donné rendez-vous à 14 heures. Or, il est déjà 14 heures et 2 minutes !

– Rôôô, mais qu'est-ce qu'elles fabriquent ? marmonne-t-elle.

Soudain, le petit groupe apparaît, au grand soulagement de Sa Majesté.

– Ah, vous voilà ! s'écrie-t-elle. Vous êtes en retard !

Shimone Queen jette un coup d'œil à l'horloge située au milieu de la place.

– Euh, ouais, répond-elle avec une moue. On est en retard de deux minutes. Bon, trois maintenant. Pas la peine d'en faire un drame.

– Eh bien, si, figure-toi ! rétorque Her Majesty. J'en fais un drame ! Vite, entrons. On a déjà perdu trois minutes, je ne veux pas perdre une seconde de plus !

Les autres échangent un regard interloqué. Leur copine semble drôlement nerveuse, aujourd'hui. Mais que se passe-t-il ?

À l'intérieur, les filles s'installent sur les banquettes roses et moelleuses. Puis elles passent leurs commandes. Chez *Coffee Queen*, on peut déguster toutes sortes de délicieuses boissons. Du chocolat chaud avec une tonne de crème Chantilly. Du chocolat chaud avec des copeaux de caramel. Et même du chocolat chaud avec rien du tout dessus !

Une fois leurs tasses servies, Her Majesty affiche un air on ne peut plus sérieux.

– Les filles, l'heure est grave, les informe-t-elle.

– Rôôô, mais tu vas arrêter avec ton histoire d'heure ! ronchonne Shimone Queen.

On a compris qu'on était en retard !

– Non, je ne voulais pas parler de ça, explique leur amie. Nous avons un énorme problème.

Kitty Queen écarquille les yeux.

– Oh là là, qu'est-ce que c'est ? s'affole-t-elle.

– Tu as perdu ta couronne, Her Majesty ? la taquine Splash Queen.

– Nan ! réplique la reine, avec un soupir. Bon, j'avoue que ce serait super grave. Mais ce n'est pas ça.

– Alors, c'est quoi ? s'impatiente Glamour Queen. Tu sais que tu nous fais peur, là ? Je suis terrorisée ! La preuve, regarde mes cheveux, ils sont devenus tout raplapla !

Et il y a de quoi ! Le moment fatidique est venu. Her Majesty se redresse et croise les mains sur la table. Il est temps d'annoncer l'affreuse, l'horrible nouvelle. La jeune fille ne le fait pas de gaieté de cœur. Mais il faut bien que quelqu'un se dévoue. Allez, courage !

– Voilà, je n'ai aucune idée pour notre fête du Nouvel An, lâche-t-elle.

Voilà, c'est dit. Her Majesty a annoncé la terrible nouvelle à ses amies, et elle s'attend à un concert de cris effarés. Peut-être même à des évanouissements.

Mais Shimone Queen éclate de rire.

– Oh non, je n'y crois pas ! s'exclame-t-elle. Tout ça pour ça ?

– Comment ça, *tout ça pour ça* ? s'offusque la reine. Mais le Nouvel An est dans trois semaines, je te rappelle !

Shimone Queen rigole tellement devant sa tasse qu'elle en fait voler toute la crème Chantilly. Kitty Queen attrape les mains de Her Majesty.

– On va trouver une solution, d'accord ? la rassure-t-elle d'une voix douce. Pas vrai, les filles ?

Branle-bas de combat ! C'est parti pour la foire aux idées ! Splash Queen propose une fête piscine. Shimone Queen, un concert de rock à vous exploser les tympans. Kitty Queen, une soirée toute douce, avec coussins et couettes douillettes. Et Glamour Queen, une séance de soins capillaires.

Mais Sa Majesté fait la moue.

– Ouais… marmonne-t-elle. Pas mal. Mais j'aimerais bien quelque chose de plus… Ou alors, de moins…

Et c'est reparti pour la tempête de cerveaux. Splash Queen

réfléchit si fort que de la fumée ne va pas tarder à lui sortir des oreilles. Soudain, elle repère une fille, près du comptoir. C'est Sk8er Grrrl, du club Athlétique. Elle ne se sépare jamais de son skate, et elle est toujours super dynamique et débordante d'idées. Elle tombe à pic !

– Hé, Sk8er Grrrl ! l'appelle Splash Queen. Viens, on a un truc important à te demander.

Mais la sportive ne réagit pas.

– Hou hou, Sk8er Grrrl ! répète Splash.

Enfin, l'intéressée se retourne.

– Hein ? s'étonne-t-elle. Tu me parlais ?

– Euh, je hurlais ton nom, en fait, précise Splash Queen. Ça te dirait de venir t'asseoir avec nous ? On cherche une idée pour notre fête du Nouvel An.

– Ah ? répond Sk8er Grrrl, sans enthousiasme.

Une fois installée, elle regarde tristement par la vitrine. Elle pousse un soupir, puis deux, puis trois. Peut-être que c'est sa façon à elle de réfléchir…

– Alors, tu as une idée ? lui demande Her Majesty.

Pas de réponse. Splash Queen décoche un clin d'œil à ses copines.

– En fait, je crois qu'elle dort les yeux grands ouverts, plaisante-t-elle. Ou bien, non, je sais ! Sk8er Grrrl a sorti cette marionnette qui lui ressemble, pour nous faire croire qu'elle était là.

En entendant son nom, la jeune fille sursaute.

– Hein ? Quoi ?

– Tu as un souci ? s'inquiète Kitty Queen.

– Oh non, non… murmure Sk8er Grrrl, les joues écarlates.

Elle baisse tristement les yeux sur son skate posé à terre. Puis elle regarde à nouveau par la vitre. Dans la rue, la neige tombe maintenant à gros flocons.

– Tu sais, moi non plus, je n'aime pas trop la neige, compatit Glamour Queen. C'est vraiment désastreux pour les cheveux. Tous ces petits flocons qui se collent sur votre tête et qui fondent. Ah, l'horreur !

– Ce n'est pas ça, répond Sk8er Grrrl, le visage caché derrière la visière de sa casquette.

– Laisse-moi deviner, suppose Kitty Queen. Ça a un rapport avec ton skate et… dehors.

Nouveau soupir. Shimone Queen n'en peut plus.

– Tu vas nous dire ce qui ne va pas, oui ! ordonne-t-elle.

– Bon, bon, finit par avouer la jeune fille. L'hiver, la piste de skate est glissante, alors je ne peux pas m'entraîner. Sans parler de la nuit qui tombe de bonne heure ! Et vous savez ce qu'il y a de pire dans tout ça ?

Les autres secouent la tête.

– Eh bien, on ne peut rien y changer, conclut Sk8er Grrrl. Bon, je retourne hiberner. Salut, les filles.

Après un millionième soupir, elle quitte le salon de thé…

Sk8er Grrrl est plutôt douée en maths. Elle a même inventé sa propre formule :

Une journée d'hiver = une journée de plus à déprimer !

Quand arrivera le printemps ? Quand ? Dans cent ans ? En attendant, la championne reste affalée devant sa télé. À quoi bon sortir ? Pour avoir froid ? Non merci !

Le soir, quelqu'un frappe à la porte. Surprise, Sk8er Grrrl découvre sur son perron une fille aux cheveux bleus qui ressemble à un arc-en-ciel ambulant. On dirait qu'elle a été prise sous une avalanche de pots de peinture.

– Je m'appelle Splatters, se présente-t-elle. Écoute-moi

bien, Sk8er Grrrl. J'ai un *énooorme* service à te demander. Her Majesty a perdu sa couronne !

Sk8er Grrrl met quelques instants à réagir.

– C'est vraiment embêtant, compatit-elle.

– Ouiii ! hurle Splatters. Et tu dois nous aider à la chercher.

– Pourquoi moi ? s'étonne la championne. Ses amies ne sont pas là ?

– Euh… Elles sont en train… de la consoler, voilà ! Sa Majesté est complètement désespérée, tu comprends ?

Sk8er Grrrl observe le ciel nocturne : nuages, blizzard, verglas et averses de neige. D'un côté, elle n'a aucune envie de mettre la casquette dehors par un temps pareil. De l'autre, elle a de la peine pour Her Majesty. Si Sk8er Grrrl perdait son skate, elle ne s'en remettrait jamais !

– OK, je vais chercher mon skate et mon manteau, finit-elle par accepter.

Les deux jeunes filles prennent le bus en direction du

centre-ville. Sk8er Grrrl s'imagine qu'elles vont chez Her Majesty. Mais une fois descendues du véhicule, Splatters l'emmène devant une sorte de chalet.

– C'est la maison de Her Majesty, ça ? s'étonne la championne. Drôle de château pour une reine !

– Euh… C'est là qu'elle s'est rendue, cet après-midi, pour… euh… s'abriter du vent, balbutie Splatters.

– S'abriter du vent ? répète Sk8er Grrrl, de plus en plus méfiante.

– Oui, tu vois, il faisait super froid, explique Splatters. Alors elle est entrée là-dedans. Ensuite, elle s'est aperçue que sa couronne avait disparu. Bon, on y va ?

La jeune fille tend une lampe torche à Sk8er Grrrl, et elles pénètrent ensemble dans le chalet sombre. Malgré l'obscurité, Sk8er Grrrl distingue certaines choses. Des miroirs, par exemple. Et un étrange machin rose et pailleté dans le fond.

– Mais qu'est-ce que c'est… ? demande-t-elle.

Pile au même instant, les lumières s'allument. Sk8er Grrrl bat des paupières. Serait-elle victime d'une hallucination ? Ou alors c'est le froid qui lui a congelé le cerveau ? L'intérieur du chalet ressemble à un salon de coiffure géant.

Au centre se trouve un podium. Et le « machin rose » n'est autre qu'une cabine d'essayage installée pour l'occasion, tout comme les sièges en forme de demi-bulles.

Her Majesty et les filles du club Glitterati surgissent.

– Que la fête du Nouvel An commence !!! clame la souveraine.

4
Une reine pas si désespérée

Sk8er Grrrl n'y comprend rien de rien. D'abord, Sa Majesté n'a pas l'air désespérée du tout. Et ensuite, à quoi rimait toute cette histoire ? Mais elle n'a pas le temps de poser de questions. Splatters lui attrape la main et l'entraîne de force derrière la cabine d'essayage. Deux autres filles sont déjà là. La première porte un serre-tête « oreilles de lapin ».

– Coucou ! salue-t-elle gentiment. Je m'appelle Snow Bunny et j'adooore l'hiver, parce que j'aime rester au chaud chez moi ! Et toi, tu es qui ?

– Je suis Sk8er Grrrl et je déteeeeste l'hiver, parce que je suis obligée de rester au chaud chez moi, lui répond la sportive.

– Oups ! s'exclame la deuxième fille, aux longues couettes blondes.

Snow Bunny rigole, avant de désigner son amie.

– Voici Oops Baby, déclare-t-elle. Et elle dit tout le temps… « Oups » !

Sk8er Grrrl sourit. Ces filles ont l'air

vraiment sympas ! Une autre fait son entrée. Elle a deux chignons mauves sur le sommet de la tête et une expression d'extrême excitation.

– Ha ha, je vous prépare une surprise d'enfer ! les informe-t-elle. Vous allez en prendre plein les yeux !

Hop ! La voilà déjà repartie.

Snow Bunny se penche à l'oreille de Sk8er Grrrl.

– Elle, c'est Daring Diva. Et elle n'a jamais froid aux yeux. Même en plein hiver !

Sk8er Grrrl acquiesce. Elle se demande toujours ce qu'elle fait là. Au même instant, la musique se met à jouer. Qu'est-ce que ça signifie ?

– Je te préviens, Splatters, l'avertit Sk8er Grrrl, personne ne me forcera à chanter ! Personne ! Encore moins à faire un numéro de clown ou de claquettes !

Pendant ce temps, dans la salle, les spectateurs s'installent, et Her Majesty donne ses instructions. Elle fait éteindre les lumières, à l'exception des projecteurs qui éclairent la scène.

La première à passer sur scène est Snow Bunny.

– Qu'est-ce qu'elle va faire ? murmure Sk8er Grrrl.

– Tu verras bien, lui répond Splatters, avec un air mystérieux.

Intriguée, la sportive se penche en avant pour regarder.

Her Majesty asperge Snow Bunny avec un vaporisateur.

– Elle lui met de la laque pour cheveux ? essaie de deviner Sk8er Grrrl.

– Chut ! lui ordonne Splatters.

Ce n'est pas un jet de laque que Sa Majesté envoie, mais une pluie de flocons. Même Sk8er Grrrl, qui déteste la neige, ne peut pas s'empêcher de trouver ça joli.

Juste après, Miss Skunk, une mignonne petite mouffette, apporte la couronne de Sa Majesté.

Sk8er Grrrl fronce les sourcils.

– Ah oui, elle était drôlement perdue, sa couronne ! commente-t-elle, avec un air entendu.

– Oups ! s'affole Oops Baby.

C'en est trop pour elle. Écarlate, Oops Baby avoue tout. Ça a commencé avec une idée de Kitty Queen. Celle-ci refusait de laisser Sk8er Grrrl toute seule, en ce soir de fête. Mais elle se doutait que la sportive déprimée n'aurait pas envie de s'amuser. Alors les filles ont imaginé un plan diabolique (ou pas) afin d'arranger ça.

Sk8er Grrrl est touchée. Ses amies se sont vraiment donné du mal pour l'obliger à sortir de chez elle.

– De toute façon, ma télé en avait assez de moi, plaisante-t-elle.

– Ça tombe bien, réplique Splatters en souriant. Parce que c'est ton tour, là !

Sur ces mots, elle pousse Sk8er Grrrl à l'intérieur de la cabine !

Oh là là, oh là là, oh là là ! Sk8er Grrrl est sur le point d'entrer en scène. Et c'est la panique ! Elle serre fort son meilleur ami (autrement dit son skate). Puis elle bondit sur sa planche et déboule devant un public ravi.

– Voici Sk8er Grrrl ! l'acclame Glamour Queen.

Une pirouette sur roulettes, et la casquette de Sk8er Grrrl s'envole. Vite, la jeune fille fonce la récupérer. C'était improvisé, mais les spectateurs ont l'air d'adorer, surtout Her Majesty !

C'est maintenant au tour d'Oops Baby de faire le show. Elle se met à danser et à tournoyer, jusqu'à en perdre une chaussure qui atterrit sur la tête de Sa Majesté. Oops Baby n'avait pas vraiment prévu ça dans son numéro.

– Oups, désolée, dit-elle.

Un autre petit tour, et voilà que la deuxième chaussure rejoint la première !

– Re-oups, s'excuse Oops Baby.

Ça fait beaucoup de « oups », mais le public a l'air d'adorer aussi. Donc, pour une fois, la jeune fille peut pousser un grand « ouf » !

De retour à l'arrière de la cabine, Sk8er Grrrl attend la suite avec impatience. Qui va monter sur scène, maintenant ? Tiens, c'est bizarre, Splatters s'approche du podium, un vaporisateur à la main…

– Qui dit Nouvel An dit nouveaux « vous » ! lance-t-elle. Alors, qui veut être relookée ?

Snow Bunny est la première à se décider. Elle entre dans la cabine et en ressort débarrassée de son manteau. La voilà prête pour la transformation ! Un jet de vaporisateur plus tard, ses vêtements changent de couleur !

– Une autre volontaire ? demande ensuite Splatters.

Sk8er Grrrl hésite. Elle serait beaucoup plus à l'aise sur une piste de skate ! Mais, après tout ce que ses amies ont fait pour elle, elle leur doit bien ça.

– Moi ! Moi ! s'écrie-t-elle.

Un petit tour dans la cabine, un coup de spray, et bye bye le blanc triste et désespérant !

Sk8er Grrrl arbore fièrement son nouveau haut tout feu tout flammes et son short à carreaux.

Pour clore le défilé, Daring Diva surgit, perchée sur la boule à facettes. Voilà ce qu'on appelle une arrivée décoiffante !

– Ha ha ! rit-elle. Qu'est-ce que vous dites de ça ?

Tandis qu'elle se balance au-dessus du public, une pluie de confettis scintillants salue le début de la soirée.

La musique est géniale, l'ambiance est géniale. Bref, tout est génial. En plus, minuit va

bientôt sonner. Mais avant, Sk8er Grrrl a quelque chose à dire. Et ça ne peut pas attendre l'année prochaine, non. Ça ne peut même pas attendre une seconde de plus !

– Les filles, je voudrais vous remercier. Sans vous, j'aurais manqué cette super soirée !

– Je suis contente que tu aies retrouvé le sourire, se réjouit Kitty Queen.

Her Majesty vérifie que sa couronne est bien droite. Pas facile de se déhancher avec cet accessoire sur la tête. Ça demande énormément d'élégance et d'entraînement.

– Merci à toi, ajoute-t-elle.

– Pourquoi ? s'étonne la championne.

– C'est toi qui m'as donné l'idée pour cette fête, lui répond Sa Majesté.

Place aux explications. L'autre jour, chez *Coffee Queen*, Sk8er Grrrl a déclaré que c'était l'hi-

ver et qu'on ne pouvait rien y changer. Eh bien, Her Majesty s'est dit qu'on pouvait au moins... changer de look ! Ça ne fait pas fondre le verglas et ça ne réchauffe pas le vent non plus, mais c'est distrayant. Et elle a eu une autre idée, aussi.

– Et si on installait une piste de skate dans ce chalet après la fête ?! Comme ça, tu pourras pratiquer ton sport, du début à la fin de l'ann… Bonne année, Sk8er Grrrl !

Minuit vient de sonner. Et il y en a une qui crie plus fort que tout le monde…

Fin

Retrouve prochainement

L.O.L. SURPRISE!™

pour de nouvelles aventures !

Pour tout connaître sur ta série préférée,
va sur le site :
www.bibliotheque-rose.com

Table

hachette s'engage pour l'environnement en réduisant l'empreinte carbone de ses livres.
Celle de cet exemplaire est de :
300g éq. CO_2
Rendez-vous sur
www.hachette-durable.fr

PAPIER À BASE DE
FIBRES CERTIFIÉES

Photogravure Nord Compo - Villeneuve-d'Ascq

Imprimé en Roumanie par Rotolito Romania
Dépôt légal : janvier 2020
Achevé d'imprimer : novembre 2020
17.0113.6/07 – ISBN 978-2-01-712042-1
Loi n° 49956 du 16 juillet 1949
sur les publications destinées à la jeunesse